GERALDO LIMA

BAQUE

CONTOS

GERALDO LIMA

BAQUE

CONTOS

SECRETARIA DE ESTADO DA CULTURA DO DF
FAC
FUNDO DA ARTE E DA CULTURA

L·G·E EDITORA

Brasília, 2004

LGE Editora Ltda.
SIA Trecho 03 Lote 1.760 - Parte A
Tel.: 61 362.0008 - Fax: 61 233.3771
lgeeditora@lgeeditora.com.br
www.lgeeditora.com.br

EDITOR:	ANTONIO CARLOS A. NAVARRO
AUTOR:	GERALDO LIMA
COORDENAÇÃO EDITORIAL:	ANNA CRISTINA DE ARAÚJO RODRIGUES
REVISÃO:	ARI LUIZ ALVES PAE E JOILSON PORTOCALVO
PROJETO GRÁFICO:	MARCUS POLO ROCHA DUARTE
IMPRESSÃO E ACABAMENTO:	QUICK PRINTER IMPRESSOS RÁPIDOS LTDA.

Dados Internacionais de Catalogação na Publicação (CIP)

Lima, Geraldo.
Baque - contos / Geraldo Lima, – Brasília: L.G.E Editora, 2004.
60 p.

1.Literatura brasileira. – Contos. I. Título.

CDU 8690 (81) - 36
CDD 869 3B

ISBN 85-7238-128-7

Visite nosso site: www.lgeeditora.com.br

"Ah, cadáver do mundo, vegetações da ausência!"

(Aníbal Machado – João Ternura)

Para

Maura, com quem divido

alegrias e tristezas.

SUMÁRIO

PUS

E a idéia é essa mesma, ele resmunga, enquanto tenta se erguer sob o sol implacável de agosto. A idéia é esta mesma, quase grita já de pé, as pernas bambas: apodrecer diante de todos como uma fruta no lixo da feira ou um cão morto na beira da estrada!

No oco da mente, ainda resistem vestígios de um tempo do qual ele até sente nostalgia, mesmo que persista a sensação de nem tê-lo vivido verdadeiramente. Talvez tenha sido só mesmo um desejo, um plano abortado em meio aos atropelos do dia-a-dia. Há, no entanto, essa imagem rota de um *eu* perdido na borrasca cotidiana.

Então é isto: aquele que ele imagina que perdeu há tempos, ah, esse parece mesmo perdido para sempre. E se está perdido, se a máquina do mundo o triturou completamente, então, este que ele adotou, este corpo-molambo em que vive agora, não merece cuidado algum. Que apodreça sobre o altar do mundo! Que desça sobre ele então a fúria de um deus sem piedade alguma!

Precisa buscar uma sombra, talvez o toldo de uma loja ou uma parada de ônibus. Sente uma vontade imensa de desabar num sono profundo, sem volta, para dentro de uma noite infinita. Já não tem mais forças para arrastar o corpo enfermo. Cambaleante, atravessa a rua e, aos tropeções, chega até uma árvore. A sombra é mínima, mas nela cabe muito bem o seu corpo magro.

É de se admirar que, depois de tanto tempo, ainda sinta dor de cabeça. Que o seu corpo não esteja anestesiado. Que ele ainda se disponha a pensar, a refletir. Não, não, não quer mais pensar. O seu esforço é esse mesmo: apagar a lucidez. Turvar a mente. Deixá-la à deriva. O objetivo é um só: aniquilar-se diante das câmeras, dos olhares indiferentes ou chocados das pessoas. Da pressa cotidiana. O intuito é que, um belo dia, alguém, vendo-o passar pelo outro lado da rua, diga, aquele cara ali já foi alguém na vida... agora, veja só que molambo!

Quer verdadeiramente suscitar esse tipo de indagação sem resposta, esse espanto que mais angustia quem ousa sair de si para entender o outro. Quem procura explicações precisas, esclarecedoras para o profundo mistério da vida, – se é que a vida tem algum mistério. Talvez haja tão-somente uma ou duas explicações para a vida, mas há quem queira sempre saber mais, e mais, e mais. A causa de tudo. O antídoto. A cura. Não, jamais chegarão ao cerne do que chamariam mistério, ainda que mergulhem num indagar incessante, por que abandonou aquele roteiro que parecia ir dar num final feliz? As coisas não estavam funcionando bem? Mas, de repente, deu para falar assim, amargo, contrário a tudo. Há dias não vai ao trabalho. Há dias não toma nem banho! Dizem mesmo que está apodrecendo. Moscas o acompanham em festa. O lixo é seu restaurante. À noite, o mundo o acolhe como um anjo perdido.

Agora mesmo, não faz dez minutos, voltou do banheiro da rodoviária suando frio, escorando-se nas paredes. Sentou-se no meio-fio e deixou-se ficar assim, a cabeça amparada pela mão esquerda, pesada, latejando, como se alguém a estivesse partindo ao meio com uma serra. Foi quando se ergueu e pôs-se em marcha em busca de um lugar fresco para descansar. Sorte ter encontrado essa sombra, esse lugar tranqüilo fora do trajeto das pessoas. Acha-se tão sem forças, sem alma, que o inseto que escala o seu pé esquerdo não deve encontrar resistência alguma até chegar à borda da sua boca escancarada. Os muros do seu corpo estão demolidos. Qualquer invasor chega e invade o seu território sem encontrar resistência. É como costumam dizer: está entregue às moscas.

Há sérias complicações que denunciam a falência do seu ser. O organismo já dá sinais de corrosão, de completa debilidade: vez ou outra, o que engole volta à tona num jato violento e azedo. No corpo, várias escoriações traçam mapas de ruínas e desertos. Há muito perdeu o senso de direção e equilíbrio: costuma vir tombando ora no asfalto ora na terra.

Há tempos anda sem rumo pelas veias da cidade. Um tronco podre levado pela enchente. Um ramo seco varrido pelo vento. Pelos terrenos baldios, pelas esquinas, pelas calçadas, sem bússola, sem mapa. Cada manhã um roteiro diferente. Um sem-destino. Um sem-que-fazer todos os dias. Um vagabundo para os que ainda labutam, para os que retomam a rotina todas as segundas-feiras. Não fosse a precariedade da sua existência, o depender ainda da caridade dos outros, poderia até dizer numa última tentativa de se firmar no mundo: sou livre, sou livre. Mas, com certa amargura, conclui, só mesmo a morte liberta.

O inseto está a três dedos da sua boca: chegou à ponta do queixo e tenta vencer o emaranhado de pêlos. Se não mudar a sua rota, logo logo cairá nesse buraco úmido e fétido. Talvez, num movimento reflexo, o homem feche a boca violentamente e o esmague. Mas pode ser que a sorte o ajude: um sono profundo, que não deve tardar, apagará os últimos vestígios de energia que move esse ser.

Sob a sombra mínima da árvore, a boca aberta, o olhar esbarrando com o céu de folhas verdes, o homem experimenta a tosca sensação de completo abandono, de não fazer parte de nada, de não existir mais.

BAQUE

"Como nessa gente sadia, forte, alegre,
tudo está equilibrado, como em suas almas
e cérebros tudo está aplainado."

(Tchekhov – Uma crise)

Uma enfermidade de gente deitada ali, onde, há pouco, o sol se esparramava todo, ilha de luz convidando ao exílio, ao evadir-se do mundo. Agora a penumbra serve de esconderijo, e o corpo mescla-se ao turvo, deixando quase de existir. Não há mesmo o *aonde ir*. Nem mesmo o pensamento escapa da jaula do crânio. Criar musgo, fundir-se ao piso, deixar que o ser míngüe, – respiração quase nenhuma, dando conta, no entanto, ainda da presença de uma alma no corpo.

O baque seco duma bola contra o muro arranca-a desse estado de falência múltipla.

Outra vez a vontade de fumar, irredutível. Por mais que resista, dizendo a si mesma que não moverá um músculo sequer para atender aos apelos do cérebro, acabará flagrando-se com a carteira de cigarros na mão, cheia de culpa, salivando, trêmula, e, nesse ínfimo intervalo de tempo, entre o mover da mão e a espera aflita dos neurônios, ensaiará ainda uma resistência, tépida, mais rendição que luta.

Por que promete a si mesma que lutará contra tudo e todos se, no fundo, sabe que lhe faltarão a energia e a obstinação necessárias? Se vai recuar diante dos primeiros sinais de realidade brutal e inane, por que então se colocar em guarda contra moinhos de vento? Mário sempre lhe cobrava uma atitude mais firme, uma tomada de decisão que não sucumbisse aos primeiros apelos da desrazão. Durante anos e anos, suportou a corrosão do seu discurso, a impiedade dos seus gestos pulverizando as manhãs e os anoiteceres.

É mesmo a figura inteiriça de Mário que brota do nada e põe-se diante dela derramando palavras por todos os orifícios. Quer subjugá-la, deixá-la paranóica, convencida de ser realmente um ser fraco e inviável. Num repetir incessante, esvazia-a de si mesma. Quer que ela se purgue por sua entrega aos afagos da morte, por seus passeios para além dos escombros da realidade. Difama-a perante o mundo inteiro. O grande canalha, tão resoluto, sem lacunas, sem brechas por onde a dúvida e o desespero possam penetrar. Pudesse, expunha num *outdoor* minúcias da sua vida, dando conta das inúmeras vezes em que ela caiu sob o peso da cruz que carrega, segundo ele, sem motivo algum. Caiu e teve de se levantar sozinha, sempre, sempre, porque esperar por um Simão aqui, nessa via-crúcis cotidiana, nesse cilício, seria perda de tempo, não é, Mário? Não é, seu grande crápula?! Sabe que é inútil se indignar assim: ele já se encontra a léguas de distância, surdo como sempre a todos os seus gritos.

A bola bate de novo no muro, estrondosa. É assim quase todos os dias, mal escurece. A meninada parece não ter outra diversão senão essa. O diabo é que, vez ou outra, a bola acha de cair no seu quintal. Então já viu: se ela não apanha a infeliz e a joga de volta para os meninos, logo um deles se atreve a saltar o muro para apanhá-la. Tem xingado, esbravejado, feito papel de louca, mas parece que nada disso tem adiantado, já que continuam invadindo o seu espaço e troçando da sua cara. Mas agora está disposta a enfrentar tudo isso. Está realmente disposta a dar um fim a tudo, tanto à voz de Mário, – voz de lanho que lhe flagela os ouvidos – quanto a esse tormento de menino gritando e saltando o muro.

Ah, que esforço tem feito para reter na mente os derradeiros fios de razão. Entre uma pane e outra, põe-se num labor intenso, dando nova feição à casa, espanando os móveis, trocando cortinas, afugentando insetos. Súbito, desperta-se para o óbvio: precisa varrer a imagem de Mário da sua mente; depois de tantos anos, ele ainda está aí dizendo o que ela deve ou não fazer. É uma questão de saúde! Há um desejo profundo de recuperar a ordem e a clareza. Nesses momentos, sentindo-se dona dos próprios atos, planeja abandonar o cigarro, mentaliza enfim todo o processo, e chega a jogar fora o maço que acaba de comprar. Quer se livrar de tudo o que a oprime, principalmente da voz de Mário. Espera, ao final de tudo, ter enterrado para sempre essa voz vazia e seca.

Saudade mesmo é da gata que sumiu há mais de um mês. A gata que miava do lado de fora quando retornava dos longos passeios pelos quintais da vizinhança. Espera ainda que ela retorne e arranhe, aflita, o verniz da porta. É tão fraca, tão pusilânime, que vai deixar que ela entre como se nada tivesse acontecido.

Acaba de abandonar a área de quase-trevas e busca desesperada pela carteira de cigarros. Encontra-a metida no vão da estante, num lugar onde ela costuma esconder todas as outras. Sabe que, no fundo, tudo não passa de um jogo. E tem blefado o tempo todo, jogando com os limites da lucidez e da demência. Porém, já não tem tanta certeza de quem está decidindo as regras desse jogo. Pode muito bem ser ela ou outra que a corrompeu nos mínimos detalhes, fazendo com que se mova fragmentada e sem memória. Quando foi mesmo que escondeu essa carteira? Tem quase certeza de que foi há pouco tempo, quase, quase, mas pode ser também que já estivesse aí há dias, ou meses! E deve haver outras tantas escondidas por aí – centenas! – entre vasilhas, roupas, móveis e enciclopédias.

O cinzeiro transborda, denunciando as inúmeras vezes em que ela recuou, quebrando a promessa de abandonar o vício. Tudo, tudo transborda. A voz de Mário também tem vindo com mais freqüência à sua mente, num martelar corrosivo, purulento. Parece também que hoje os meninos estão gritando mais, numa zoeira infernal. Mas está preparada para o caso de a bola cair dentro do seu quintal. Está preparada para tudo, para a vida e para a morte. Para a enchente e para a manhã de sol espocando na janela.

Ouve súbito baque de pés aterrissando no chão do quintal.

Já esperava por isso. No vão da mente, turva e desassossegada, tudo está planejado. Nunca, nunca agiu com tanta lucidez assim. Voz alguma poderia fazê-la recuar agora, e, pela primeira vez, irá ao cerne da questão. Vai insurgir-se contra esses mandos que, mesmo depois de anos, ainda teimam em reverberar pela casa.

Contaminada por essa certeza, vai à cozinha e apanha a faca.

Ao abrir a porta, surpreende o menino tentando escalar de volta o muro, tentando retornar à vida, à claridade da rua, ao sol da infância. Mais alguns passos e poderá alcançá-lo em pleno desespero de pássaro tentando atravessar o vidro da janela.

L I M B O

Você talvez não saiba, mas a solidão é uma faca e trincha a nossa alma com precisão de açougueiro. Estar só, meu caro, é ficar para trás, sumir na poeira do tempo, esquecido, enterrado no monturo da memória.

Eu, eu posso falar do inferno!

Não repara, o ambiente é isto mesmo: desleixo, invasão de insetos, mofo. É pra eu sentir que ela está ausente, que não volta mais, é como se eu me punisse. Parece loucura, não é? E talvez realmente seja. Quem mais se puniria assim?

Quando os olhos dela começaram a se retirar, migrar para um outro ser, é que dei por mim. Foi aí que me vi inteiro, nu, pobre e sem caminho para o futuro. Uma pedra plantada no presente. E o presente já é o passado sendo parido – o esquecimento, a lixeira, o musgo. O presente não existe. Existe, sim, a angústia da imobilidade, da incapacidade de se mover através do nada cotidiano. Rasgar no peito e na raça a realidade estilhaçada. Vencer o grande muro, saltar para a outra margem. Então, poder olhar para trás. Porque só quem vai adiante pode volver a cabeça e mirar a paisagem que some às suas costas.

O fracasso é sem margem. O sujeito nada, nada e nunca sai do lugar. É um afogar sem fim, sem socorro (ninguém, ninguém está disposto a ouvir os seus gritos). Estou há anos nadando num mar de merda. E merda fede. Merda é o espanta-gente! Todos os meus amigos foram em frente: verdadeiros bandeirantes, exploradores de novos mundos. Venceram na vida, honestamente ou não. Porém, isso não importa, o que importa é a vitória, não é? Ética é coisa sobre a qual não se fala nessas horas. Venceram, venceram. Então, por que iriam olhar para trás? Por que iriam se preocupar com um ínfimo ponto na paisagem urbana?

Eu, eu sei o que é a solidão! Eu sei o que é a vida vagando no deserto.

Dia desses, vi um deles vindo na minha direção. Pensei: por que devo expô-lo ao constrangimento de parar e ter de conversar comigo? Que poderia eu lhe dizer? Que história edificante poderia lhe narrar? Não, não, está tudo na mesma. Sim, sim, ainda estou lá. Nada mudou. Ah, por que fazê-lo perder tempo com coisas sem préstimo algum? Mudei de calçada e passei olhando para o outro lado. Sou sensato: sei o tamanho do espaço que devo ocupar.

A dor maior é esta, meu caro: ter plena consciência da sua miséria. Quisera eu ter o orgulho e a coragem de um samurai que rasga o próprio ventre com a adaga. Continuar vivendo assim me parece um ato de covardia.

Escuta, escuta, você não precisa ficar aqui ouvindo tudo isso, não tem obrigação alguma. Pode se levantar e ir embora. Não quero contaminar ninguém. Não sou do tipo que vai pro abismo levando junto os incautos. Nem sou de condenar os outros. Não gosto de firulas, digo logo: quer ser assim, vulgar, frívolo, inconsistente? Então seja. Foda-se! Ah, me desculpe, estou me excedendo. Vejo que você é diferente de tudo isso. Ainda não conhece o inferno, posso ler nos seus olhos. É tão jovem para se expor assim ao perigo, ao poder corrosivo das palavras. Vai, vai enquanto é cedo. Você me conhece há pouco tempo, será mais fácil se livrar dos meus queixumes. Os que conviveram comigo já se foram, perderam as esperanças. Ela até que suportou um longo tempo. Mas, assim como os outros, foi cuidar da própria vida. Porque o lema é este, meu caro Alberto: cuidar da própria vida.

Bom, já que você insiste em ficar, então não vou poupá-lo. Não é todo dia que a gente encontra um bom ouvinte. E falar faz bem, não faz? Vomitar essas coisas todas que a gente vai estocando dentro, que o organismo não digere direito, e depois é como se carregássemos pedra o tempo todo no estômago. Como se crescessem espinhos na nossa carne. Se a gente não fala, enlouquece. E não adianta conversar com árvores ou com a própria sombra. Ver, no olhar do outro (como eu vejo no seu agora), que ele está se comovendo, que as palavras que você deixa escapar da trincheira dos lábios encontram abrigo na sua mente e no seu coração, ah, meu caro, isso não tem preço. Isso consegue arrancar alegria de dentro da nossa tristeza. Mas vamos beber um pouco, que é preciso arranjar coragem pra ir em frente. Sei que é duro agüentar tudo isso assim, sem algo que nos fortaleça, que nos entorpeça um pouco. Esse peso, essas ranhuras na alma. Tome aí o seu copo, aqueça o espírito e a carne.

Sou, como costumam dizer com indisfarçável desprezo, um fodido!

Não, não é por causa dela que estou assim, me sentindo nulo. Como é que eu vou lhe explicar isso? A Lúcia, na verdade, não é a causa primeira. Essas coisas todas já estavam aqui, em mim, criando raízes, se apoderando do meu ser. Agora, a sensação de perda é maior porque ela é a única mulher que eu realmente tive até hoje. A única que eu realmente quis ter. Fora ela, nunca tive nada de realmente importante. Daí a perda, a sensação de fracasso.

Ela não suportou a minha inércia, o meu estado de árvore corroída pelos cupins. Minto, minto, ela suportou até demais. É de se admirar que tenha, algum dia, acreditado em mim, que tenha vislumbrado em meu ser algum vestígio de vitória. Foi um equívoco. Digamos assim:

o amor não a deixou enxergar a realidade, o embuste diante dos seus olhos. (Pode rir sem constrangimento, é trágico, mas tem lá sua pitadinha de comédia. Rir faz bem, não faz? Ah, é o álcool! Mas acho que não é só isso: que outro povo sabe melhor do que o nosso fazer piadas até com a desgraça alheia?) Pois é, quando começou a enxergar, quando o véu da ilusão se desfez, brotaram as palavras de acusação e julgamento. Uma saraivada, meu caro. A coisa tinha ficado lá, o tempo todo, incubada. Dizia que a minha cultura era inútil, que não me levaria a lugar algum. Eu, em reposta, lhe dizia que não tinha mesmo intenção de ir a lugar algum. Porra, por que é preciso sempre ter que ir a algum lugar?! E foi nesse ponto que nossos caminhos se bifurcaram. Ela saiu por aquela porta, levando a gata e uma mala de roupas. Não estendi a mão para retê-la. Não implorei. Não era o caso. O que eu sentia, guardei comigo, não sei se por orgulho ou se por extrema covardia. Pensei: que direito tenho de impedi-la de ir adiante? E ir adiante é tudo o que se exige. O que se espera. O duro foi ver que ela, assim como os demais, nem volveu a cabeça para me olhar, uma última vez, no meio dos estilhaços da paisagem cinza.

Eu jamais me dispus a lutar.

Não sei me mover. Chego a pensar: pra que me mover? A ação não me empolga, não me desenraíza, não me joga no mundo. Olha, meu caro, verdade, eu até queria cair na correnteza, descer rio abaixo, entregue aos caprichos das águas. Um dia eu ia acordar em pleno mar, a vastidão, o mundo-ermo, imprevisível. O sujeito, nessa situação, tem de agir, não tem? Ou age ou é engolido pelas águas. Mas meu coração não é daqueles que partiriam sem temor nas naus dos primeiros navegantes. Eu estaria lá, na margem, acenando pros que partem.

Meu receio, creio, tem sido um só: enfrentar o vasto, o sem fronteira. Aqui, dentro deste pequeno território, sei me governar. Me preservo em estado primitivo, em pleno jurássico da existência. Eu e meus dinossauros.

A D A G A

Para Joilson Portocalvo

A gata, finalmente, retorna do seu passeio pelos muros e quintais da vizinhança. Saiu logo cedo, mal ele abriu a janela da sala. Desta vez, calcula ele, demorou mais do que o habitual. Mas o comportamento é sempre o mesmo: passa roçando na sua perna e, varada de fome, corre para a vasilha de ração.

Ficou mais de quatro horas na rua, fazendo sabe-se lá o quê – há um bando de gatos vadios soltos por aí – e entra assim, toda faceira, arrepiada, ronronando, leve, feliz (se é que um gato pode se sentir assim). Sente uma pontinha de inveja dessa sua mobilidade, desse seu desprendimento, dessa sua capacidade de se afastar do ambiente que a acolheu com tanto zelo e se meter em lugares estranhos, hostis, e retornar ilesa.

Observa-a comendo avidamente a ração. Lembra-se do dia em que ela entrou pela janela, desceu até o sofá e, sem cerimônia alguma, deitou-se sobre as suas pernas. O tigrado na cabeça e no rabo foi o primeiro detalhe que lhe chamou a atenção. Depois, o branco cobrindo quase todo o restante do corpo. Teria olhos azuis? Uma mancha branca indo até a orelha, que poderia indicar surdez? Não tinha olhos azuis, tampouco uma mancha cobrindo-lhe a orelha. Ora, nada de incomum então: apenas o amarelo dos olhos e uma audição excelente.

Uma gata mestiça, de pêlo curto, vinda da rua, do nada.

A princípio pensou em devolvê-la ao oco da janela, espantá-la com uma saraivada de gritos e palmas, mas logo se lembrou do que havia lido numa revista esotérica: lá dizia que se um gato vira-lata adentrasse a sua casa, escolhendo-a como lar, é porque naquele momento você estaria precisando de um gato ali. Ia mais além: dizia que podia acontecer de haver um *débito cármico* que ele teria que pagar a você. O caso era o seguinte: aquele gato estaria acompanhado de um espírito que poderia ter feito algum mal a você, em outra vida, e que, agora, ele (o tal felino) teria a missão de resgatar essa dívida, protegendo-o.

Bom, o gato que estava à sua frente parecia ser mesmo um vira-lata. Não se achava supersticioso, mas, por via das dúvidas, preferiu deixá-lo ali, acomodado sobre a almofada. Como gato é bicho sem apego, provavelmente iria embora logo. E, caso houvesse fugido de alguma casa vizinha, alguém viria procurá-lo. O medo maior era de se apegar ao bicho, querendo-o ali para sempre. Quando descobriu então que se tratava de uma fêmea, o medo redobrou: imaginou-a logo cercada de filhotes, ocupando mais espaço na casa. Agora, além da mãe, poderia se apegar também aos filhotes, – e a sua vida se transformaria num pandemônio. Na verdade, nunca quis se sentir responsável por ninguém, menos ainda por um bando de gatos.

Uma semana depois, a gata ainda estava lá, cada vez mais à vontade. Como parecia disposta a ficar, resolveu dar-lhe um nome. Escolheu Chérie, sem saber bem por quê. Se a gata tinha outro nome, deve tê-lo esquecido rapidamente, pois, apesar do pouco tempo, já atendia ao ser chamada assim.

Pronto, já estava apegado ao animal. Desde então, uma cena tem se repetido: é só chegar em casa, e ela vem logo ao seu encontro miando, enroscando-se em suas pernas. É fácil adivinhar o que ela quer: pega-a então nos braços, conversa com ela, faz-lhe cafunés. Pronto, já não estava mais só. E tudo seria perfeito se ela, logo de início, não tivesse deixado claro que, se havia chegado até ali vindo da rua, iria sempre retornar para lá quando bem quisesse, ainda que fosse por poucas horas. Essas ausências, no princípio, corroíam-no por dentro. Depois, foi-se acostumando, voltando a ser sozinho de novo.

Observa que a gata está meio encardida, precisando de um banho: deve ter se espojado na poeira nessa sua última aventura. Reconhece que há dias não cuida dela, que tem se deixado tragar pela garganta abissal da melancolia, do desapego ao mundo. Mas talvez seja até bom assim: logo ela poderá estar sozinha de novo, entregue aos perigos da rua, e terá de cuidar de si mesma. Mas, como é uma gata muito bonita, manhosa, não deve faltar quem a queira em casa.

Ela retorna da cozinha e sobe na cadeira, parecendo querer entender toda essa arrumação – a mesa posta como que à espera de pessoas especiais. Garrafa de vinho e taças de cristal! O estranho, deve estar pensando, é que há tempos ninguém vem aqui para um jantar tão requintado, com tantos preparativos.

Ele pega a gata com a mão direita, espremendo-a contra o corpo. Sente que isso a desagrada, mas não a solta, pelo contrário, aperta-a ainda mais. Deve estar cansada, querendo se aninhar. Talvez um pouco por birra, leva-a consigo para a cozinha. É bom que saiba que ele está aborrecido por ela ter passado tanto tempo fora de casa, logo no dia em que a queria ali, roçando o tempo todo nas suas pernas.

Abre panelas, experimenta molho, espeta carne, tempera um pouco mais a salada com vinagre e sal. Enche-lhe já a boca d'água o Frango Defumado à Moda da Lúcia – prato que não pode faltar nas ocasiões especiais. A surpresa, pensa ele, ficará por conta da musse de milho-verde. A gata gira em torno dele, ansiosa, talvez, por fazer parte do banquete.

Meio tonto por causa do vinho, pára diante da adaga plantada no centro da sala. Brilha feroz presa ao suporte que ele mandou preparar exclusivamente para o dia de hoje. Suporte e altar. A lâmina afiada, tesa, esperando apenas que a mão se mova decidida. Parece, na verdade, clamar pelas mãos do samurai que há séculos renunciou à luta. "Minamoto No Tametomo apoiou-se no pilar de madeira e tocou a ponta da espada contra seu ventre, no ponto sagrado, três dedos abaixo do umbigo – seu hara, lar sagrado da alma." Arrepia-se ao se lembrar dessa passagem que leu por acaso num almanaque. Mas, desde a sua leitura, não pensou noutra coisa. Vasculhando na Internet, encontrou a adaga que tanto desejava: uma Adaga Samurai – lâmina brilhante e cabo negro com detalhes em forma de losango. Comprou-a sem pestanejar, ainda que o preço fosse bem salgado. Mas, depois de a possuir, por que se preocupar com a falta de dinheiro ou com o dia seguinte?

Na falta de um tatame branco e um veludo vermelho, colocou um tapete marrom sobre o piso de cerâmica cinza. "Tametomo modificou a maneira de empunhar o cabo e moveu a lâmina. Seu ventre abriu-se num sorriso." Quem, além do inimigo, assistiu a esse ritual de honra e frieza? Quem, além da gata, assistiria ao seu? Corre o dedo pela lâmina forjada – imagina ele – apenas para esse ritual. Ele será, ao mesmo tempo, a vítima e o sacerdote. O inimigo que se aproxima e o samurai que rasga o próprio ventre.

Chérie, que lhe fez companhia no jantar, está dormindo profundamente. Sinal de que ninguém o acompanhará nesses últimos instantes. Imagens e sabores estarão perdidos para sempre. Nunca mais inundará seus olhos o entardecer sangüíneo no mês de agosto. Cessará em seus ouvidos o ronronar de Chérie, a algazarra dos meninos jogando bola na rua, o som trágico da sirene das radiopatrulhas madrugada adentro. Toda a espécie de ruído.

Os incontáveis sinais de vida. Irá, em poucos minutos, romper o liame com este mundo. A perícia e a frieza. O gesto deve ter, no entanto, a sutileza de um hai kai. A precisão de um raio cortando o céu. A violência da navalha do olhar que nos aniquila num segundo. Depois, o silêncio tingido de vermelho. A noite estendendo-se até o infinito. Antes, porém, é preciso abrir todas as portas e janelas – não quer que a gata, ao se ver sozinha, tenha dificuldades para ganhar de novo o mundo.

E R M O

Espera.

Ouve os estalidos do capim seco cedendo à pressão dos pés trôpegos e ansiosos. Logo ele estará aí, bem à sua frente, excitado, ofegante, – um homem qualquer, do qual ela nem ao menos sabe o nome.

Ébrio e surpreso, ele aceitou o seu convite. Arrastou-o pela mão até um determinado trecho e depois lhe pediu que esperasse um pouco, que viesse logo em seguida. Deixou-o lá, escorado num poste, talvez tentando calcular os riscos daquela aventura. Mas, ofuscado pelo álcool, não obedeceria certamente aos apelos da razão.

Há tempos tem sido assim: eles vêm aturdidos, cegos, como um animal atraído pelo cheiro da comida. São, na maioria das vezes, presa muito fácil. A rua é o lugar onde, geralmente, os captura. Bêbados, às vezes, ou simplesmente sedentos de sexo e loucura. Alheios à morte e ao inferno. Anjos e diabos. Meninos abrindo a porta do corpo pela primeira vez. Velhos queimando suas últimas reservas de energia.

Ela sempre vai à frente, é sua única exigência: seu prazer se encontra apenas nessa espera, nesse ouvir o som de passos se aproximando como se fossem os do seu algoz. É o momento em que alcança um mínimo de prazer, de gozo. Corpo e alma, no entanto, se encontram no deserto: o sol que lhe arde por dentro se apaga logo que as mãos estranhas tocam-lhe o corpo. Não há palavras nem troca de carícias: penetram-na como se esfaqueassem um corpo inerte. Como se executassem um ritual de sacrifício. Como se estivessem se vingando da própria fraqueza.

Saciados, vão-se.

Não se lembra mais de quando tudo começou. Se sempre foi assim, desde menina, ou se mergulhou nesse abismo depois de adulta. Também já não se lembra de quantos homens deitaram sobre seu corpo, inundando-a com seu hálito azedo, sua baba, seu esperma, seus grunhidos de porco chafurdando na lama. Pode ser que saiba de tudo, do início e dos motivos que a têm levado a agir assim, mas não se lembrar talvez seja sua única defesa.

Espera.

Deitada de costas, assiste ao horizonte sangüíneo ir, aos poucos, empalidecendo. O dia está morrendo e isso não a comove nem um pouco. Esse quadro que outros achariam belíssimo – nuvens cor de sangue tingindo o horizonte – não lhe diz nada. Há tempos fechou os olhos para o belo. Perdeu, na verdade, a noção básica de belo e feio. Há apenas o desejo que a cega e depois se evapora como se não tivesse existido. A imagem, porém, está lá, distante, pulsando, enquanto se desfaz meticulosamente. Não a quer, entretanto, pulsando na sua mente. Não quer ser capturada pela sua beleza. Quer, sim, é viver sem memória, pois esta é a única maneira de suportar o peso de continuar a existir depois de tudo, do vazio e do asco.

Há sempre, no entanto, essa expectativa de não sair viva do breu. Aguarda o dia em que um desses homens, tomado de loucura e ira, aperte-lhe o pescoço até esvaziá-la, até fazer com que seu corpo pare de buscar a saciedade inatingível. Esse que agora vem, animado pelo álcool, talvez carregue nas mãos a arma que vai libertá-la.

Até então, a cena tem se repetido: o homem se levanta, tira a sujeira da roupa ou da pele e, assim como veio, parte, só e seco. Ela se ergue, suja e amarga. Caminha devagar, sem desejo e força, como se não pretendesse chegar mais a lugar algum. Quiçá dessa vez tudo seja diferente: um gesto, brando ou violento, pode alterar o curso da história.

Aguarda, aguarda.

A noite se aproxima célere, e logo não restará vestígio algum desse entardecer belíssimo. Não restará vestígio de nada. Será como se ela não tivesse estado ali. O capim esmagado, um galho partido, o chão úmido, nada disso será capaz de remontar os fatos. Não há mesmo necessidade de tanto esforço para recontar o que, para o mundo, nunca teve importância alguma.

Silêncio turvo.

Já não se ouve mais o crepitar do capim seco. Acabou-se a espera. Sente, junto ao corpo, a respiração ofegante do homem. Está pronta. Os sentidos, aos poucos, turvam-se, e o prazer definha. Enquanto se abre e se entrega, fecha-se também protegida por uma couraça de frieza e nojo. Será, então, como das outras vezes, assim como tem acontecido com os outros homens: enquanto ele a penetra, seca e violentamente, ela experimenta a vertigem da morte.

VIGÍLIA

Há quantos dias está aqui? Há quantas noites? Tem a sensação de estar há séculos esmurrando essa porta, arranhando seu mogno com o que ainda lhe resta de unha. E as unhas estão, como costumam dizer, no sabugo. Olha como sangram as pontas dos meus dedos! E nenhuma resposta vem lá de dentro. Silêncio absoluto. Indiferença de pedra, frieza de lâmina. Se ele abrisse a porta, veria o estado em que ela se encontra. Eu e a criaturinha que se assusta dentro de mim, dando chutes a esmo. Criatura que é parte dele, sangue do seu sangue, carne da sua carne. Mas nem isso o comove. É como se estivesse morto. Há dias não sai só para não ter de abrir a porta e permitir-lhe a entrada na casa de onde ela nunca deveria ter saído. Alguns vizinhos já estão incomodados. Há, no entanto, os que se solidarizam com a sua dor, aconselhando-a a desistir dessa luta vã, inglória, que não aponta para paraíso algum. Que inferno você tem vivido, menina! O que não sabem é que já tentou se libertar, encontrar um rumo diferente para a sua vida, mas foi inútil. Quando deu por si, já estava aí, diante da porta, implorando para entrar. Sim, sim, pedindo para retornar ao meu calvário, ao suplício de todos os dias, os berros, os escândalos, os choros.

Sangram, sangram as pontas dos seus dedos, enquanto continua a arranhar a porta feito uma gata esquecida ao relento. Tal qual uma gata, mia e mija no mais completo desespero. Vai, certamente, defecar aqui quando a vontade chegar e tornar-se insuportável. Aos poucos, toda essa área ao seu redor vai se tornando irrespirável. Sabe que não demorará e toda a vizinhança estará incomodada com a sua presença. Talvez acionem a polícia ou o corpo de bombeiros para retirarem-na daqui, como se ela fosse uma vaca atolada no brejo. Uma vaca que, sem forças nas pernas, arriasse com o peso do corpo, dando início a um lento processo de apodrecimento ainda com o coração bombeando sangue para as artérias. Não será difícil removê-la: não tem mais forças nem para implorar que ele abra a porta. O que sobe pela garganta e escapa por entre a sequidão dos lábios é só um fiapo de voz, sons quase que ininteligíveis, sem força para atravessar a madeira maciça e mergulhar no ouvido de Artur.

Há poucos minutos, a senhora do 302 trouxe-lhe água e um pouco de comida. Vive sozinha com dois gatos siameses e sempre lhe pareceu a figura mais bizarra deste prédio. Agora, comovida, sente sua mão generosa e maternal acariciando-lhe a cabeça. Basta um gesto, e toda uma imagem se refaz: esta senhora bem poderia ser a mãe que ela perdeu ainda muito cedo. Filha, desista dessa loucura. Pense no seu filho, na saúde dele. Se esse homem não abriu até agora, é porque não quer que você entre. Está tão fragilizada que nem tenta rebater as palavras da velha senhora como vinha fazendo até então com os demais. Desde o início, renegou todos os conselhos, desprezou todas as ajudas, afugentou os curiosos. Não tinha dúvida do sucesso do seu cerco, estava confiante na vitória – dia menos dia, o inimigo haveria de se render sedento e faminto. Aí, ela invadiria o seu reduto e imporia as suas ordens. Só não contava com a extrema dureza do coração de Artur. Com sua tática de nem responder aos seus xingamentos. É como se ele nem estivesse em casa. Como se, todo esse tempo, ela tivesse se batido com o nada.

(Já deve ser noite. Essa escuridão repentina não pode ser outra coisa. Mas logo vão acender as luzes das escadas e será como se fosse dia claro. Não posso é deixar que o sono me vença: a vigília é sem descanso.)

(...)

Não sabe se está sonhando ou delirando, mas ouve, longe, longe, o ranger duma porta sendo aberta, e passos que emergem do abismo, pesados, lentos, como os passos de Artur, parece ouvir ainda o som angustiante de uma sirene que se aproxima, ou se afasta, não tem certeza... alguém respira junto ao seu rosto, duas mãos firmes e grosseiras envolvendo-lhe os ombros, braços, muitos, muitos braços erguendo o seu corpo, um turbilhão de vozes, um mar de gestos e sons, tanto movimento que o seu estômago se rebela e cospe o pouco que ingeriu, e dores, muitas, muitas dores querendo expulsar do seu útero a mais viva lembrança de Artur.

Impressão e Acabamento:

Quick Printer
IMPRESSOS RÁPIDOS

SIA Trecho 3 Lote 1.760
Tel: (61) 362-0008 / Fax: (61) 233-3771/362-7476
e-mail: quick@quickprinter.com.br